電影版

角落小夥伴

魔法繪本裡的新朋友

紙上電影書

目次

—序幕—

某一夜 在某一處

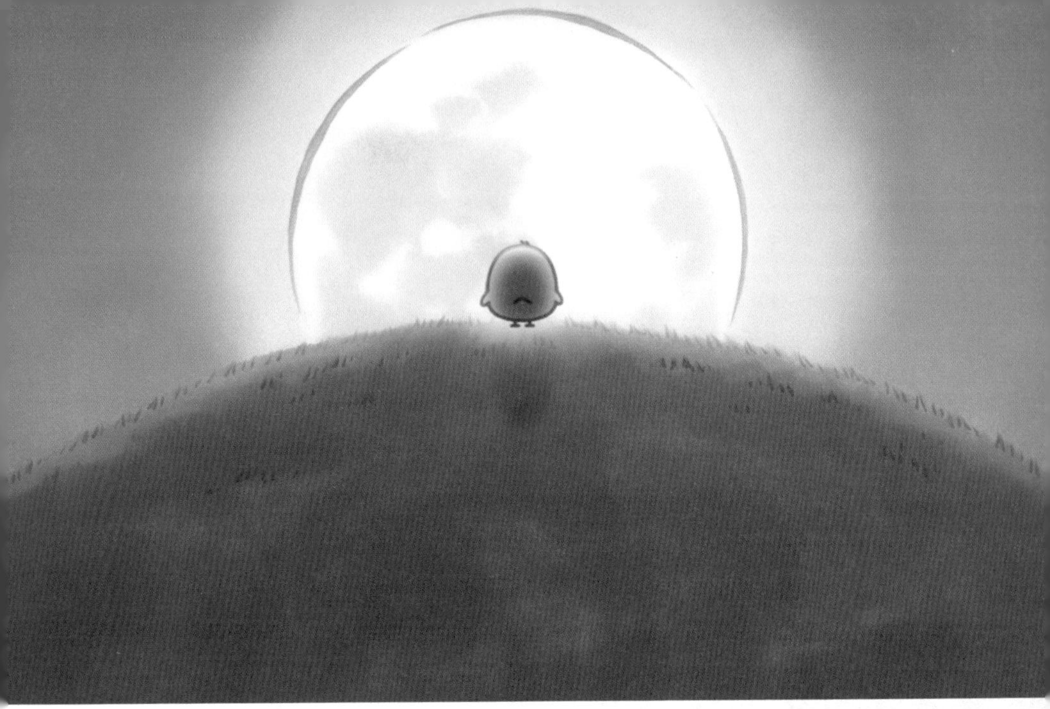

夜空中出現了大大的月亮，
有個身影
正睜大雙眼盯著看。

那個不知名的身影，
落下了一顆
豆大的淚珠……

淚珠發散出光芒，
從腳邊擴散開來。

角落的日常

——這是關於在
世界上某處角落，默默生活著的
「角落小夥伴」的故事。——

白熊，怕冷又怕生。
為了追尋溫暖的所在，
和**裹布**一起
從北方逃了過來。

貓的個性非常害羞，
膽子小，
常常把角落好位置讓出來給別人。

只有**雜草**會為貓
加油打氣。
他總夢想著，有朝一日
能被花店製作成美麗的花束。

炸豬排是炸豬排的邊邊。
瘦肉1％，脂肪99％。
因為太油，被吃剩下來。
與同為剩食的**炸蝦尾**，
是非常要好的朋友。
最大的夢想是，有一天能被吃掉！

說到剩食，
粉圓們也是剩食。
被喝剩下來
留在珍珠奶茶
杯子底部。

企鵝？喜愛閱讀與音樂。
他對自己是不是企鵝沒有信心，
正在尋找自我。
以前頭上
好像有個盤子……

飛塵總是無憂無慮，
活力充沛的，
到處飛來飛去。

蜥蜴……偷偷告訴你，不要跟別人說，
他其實是倖存的恐龍。
但是總擔心著一旦被發現，
就會被捕，
所以假扮成蜥蜴。

偽蝸牛，事實上是蛞蝓。
夢想自己是一隻蝸牛，
所以背上外殼。
他和蜥蜴同樣是隱藏真面目的
祕密雙人組，兩人感情融洽。

這樣的大家，一起聚在角落裡，
今天也是「角落小夥伴」好同伴。

咕嚕～～～～

貓的肚子發出聲音，應該是肚子餓了。

白熊問：「要去吃飯嗎？」
貓有點害羞的回答：「……好。」

其他的角落小夥伴們，也說要一起外出用餐，大夥兒一同往大門方向移動。

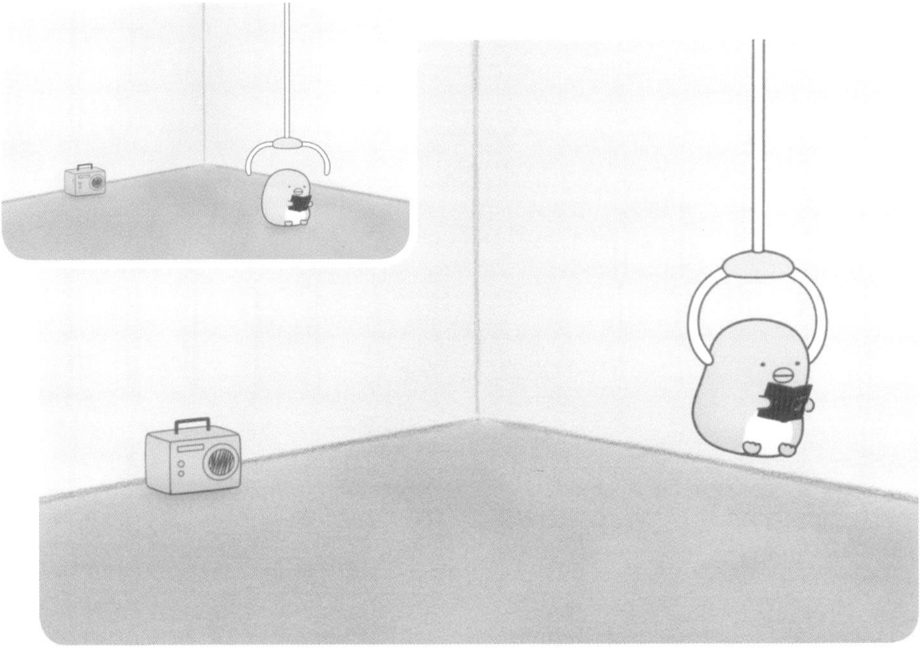

但是沉迷在閱讀中的企鵝?似乎
並沒有發現大家都走掉了。

接著，不知道從哪裡來的**夾子**，
突然冒出來，抓起了企鵝?的頭，
往大家前去的方向移動。

今天
會是怎樣的一天呢?

咖啡豆老闆的祕密基地與立體繪本

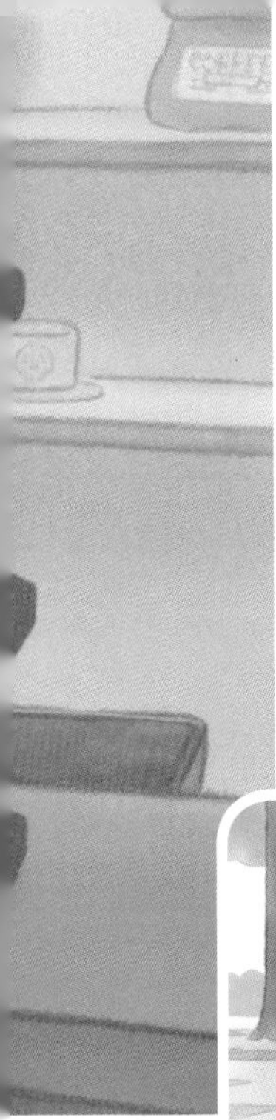

角落小夥伴們最喜愛的一家店是「角落咖啡廳」。

走進店裡看到**咖啡豆老闆**正忙著沖咖啡，他的手沖咖啡是全世界最好喝的咖啡。

在這兒打工的**幽靈**，正拿著撢子除塵，但是飛塵們開心的到處飛來飛去，所以完全沒有變乾淨。

black

SUMIKKO
COFFEE

撢塵時，幽靈隨著飛塵們，來到一座櫥櫃前，在這裡發現一扇沒見過的門。膽小的幽靈鼓起勇氣，打開那扇門，發現門後有暗道通往地下室。

雖然看起來陰暗又有點兒可怕，幽靈還是禁不住好奇下樓一探究竟。

此時，肚子餓了的角落小夥伴們在角落咖啡廳找到位置坐好了。

炸豬排：「鬆餅。」

蜥蜴：「咖哩飯。」

企鵝？：「三明治。」

白熊：「番茄義大利麵。」

貓：「蛋包飯。」

企鵝？：「大份的小黃瓜！」

大夥兒開心的點餐♪

炸豬排和炸蝦尾對放在桌子角落的醬汁和鹽等調味料大感興趣，炸豬排把鹽罐搖得沙沙作響，一旁的偽蝸牛嚇得趕緊逃離。

偽蝸牛最害怕鹽巴了。因為他其實是蛞蝓。

白熊留意到咖啡豆老闆正打算走出咖啡廳，出聲詢問：「要上哪兒去呢？」

咖啡豆老闆一邊叨唸著「小黃瓜」，一邊就出門去了。

大概是企鵝？點了大份的小黃瓜，店裡頭的存貨不足，老闆只好出去買。

另一頭，幽靈走進地下室，出現在他眼前的是「咖啡豆老闆的祕密基地」。

幽靈看到雜亂的地下室，開始認真盡責的打掃。

快打掃好的時候，他看到了掉落在地板上的繪本《世界名著》，撿起來隨手放在桌上……

就在那一瞬間！

繪本突然發出耀眼光芒，從裡面飛出了大大的東西。

嚇得幽靈想喊救命，正當他張大嘴巴還來不及發出聲音，就被吸進了繪本。

哐鏘!

巨大的聲響傳進角落咖啡廳。

「要去看看嗎?」蜥蜴望著發出聲響的方向,詢問角落小夥伴,但是大家都嚇得雙腳發軟。

唯有雜草精神百倍的說:「去看看吧!」一馬當先走了出來。在櫃檯的粉圓們,也全都跟在他的後頭一起邁步向前。

儘管如此，其他的角落小夥伴仍然動也不動。

而且，企鵝？還裝做沒事般的翻開了《一千零一夜》故事書，夾子因此又再一次出現了。

夾子抓起企鵝？的頭，朝雜草前往的方向移動。

看見這幅景象，角落小夥伴們也慌慌張張起身追在被夾走的企鵝？身後。

角落小夥伴們先後走進了地下室的「咖啡豆老闆的祕密基地」。

房間裡堆放著調味料、餐盤組、恐龍布偶等雜物，四周充滿了讓角落小夥伴膽戰心驚的物品。

突然，炸蝦尾發現地板上躺著一本從沒看過的書，書本正發著光。

打開書本，一間水車茅草屋跳了出來！原來，那是一本立體繪本。

從前從前，有一個地方，住著一位老爺爺和一位老奶奶……

故事開頭這樣寫著，但是打開的書頁上，卻沒有發現老爺爺和老奶奶的蹤影。這本立體繪本，好像遺失了重要的存在。

炸豬排也靠過來，和炸蝦尾一起看這本繪本。

同一時間，在繪本某一頁裡，打扮成蝴蝶的幽靈飛了出來。

他化身成為了一隻有著粉紅翅膀的可愛蝴蝶。

幽靈靠近妖怪模樣的紅色石頭，發現妖怪石的舌頭，伸出——一條長長的。

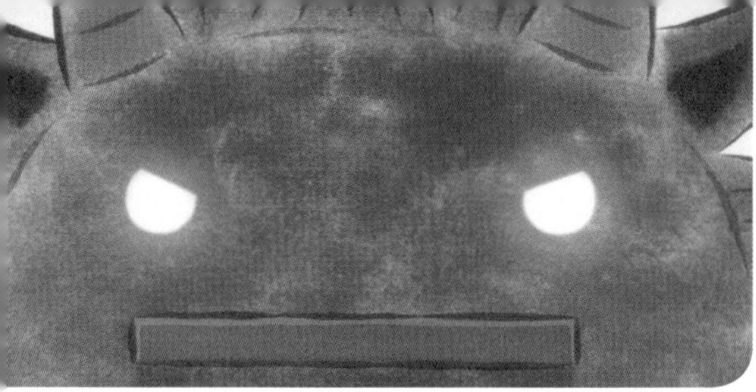

緊接著，妖怪石的眼睛發出刺眼強光！

正開心看著繪本的炸蝦尾和炸豬排，眼前突然冒出巨大紅色妖怪。妖怪手上拿著狼牙棒，銳利的眼神和尖牙大口，射出了強烈的光芒。

妖怪張開了血盆大口，眼看著炸蝦尾就快要被吸進妖怪的嘴巴裡！

急得角落小夥伴們排成一列，慌張的合力拉住炸蝦尾，使盡吃奶力氣，想要把炸蝦尾拉回來。

但是，妖怪的吸力越來越強。

瞬間，角落小夥伴們一整串全部
被吸進了妖怪的嘴巴裡去。

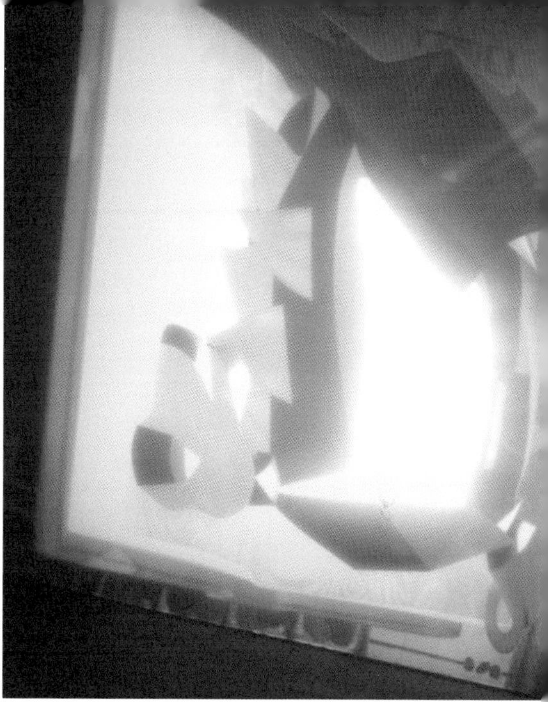

空盪盪的地下室裡，
只剩下偽蝸牛的殼，
哐噹哐噹的晃動著。

《世界名著》

《桃太郎》

從前從前，有一個地方，
住著一位老爺爺和一位老奶奶。

森林中，有一間茅草屋，房屋旁邊有座水車。屋子附近有狸貓、猴子和兔子。但那些不只是動物，而是「繪本中的居民」。

仔細端詳屋子前的老爺爺和老奶奶……竟然是打扮成老爺爺的炸豬

排，以及打扮成老奶奶的白熊！

角落小夥伴們似乎是通過妖怪的嘴巴，穿越進入了繪本的世界，還以《世界名著》的人物登場。

老爺爺上山去砍柴。

不知道從哪裡傳來了書本的朗讀聲，故事繼續推進。

但是，炸豬排遍尋不著好朋友炸蝦尾的身影，現在可不是去砍柴的時候啊！

炸豬排發現扮演青草的粉圓，就在他的頭上放上2片葉子，把粉圓打扮成炸蝦尾的模樣。接著詢問繪本的居民們：「你們有看過（長得像這樣的）嗎？」

大家告訴他，曾在山裡見過，就在遠遠的那座大山，往山上的道路很遠，不好爬，爬上去非常辛苦。

即使聽到大家這麼說，炸豬排仍然完全不假思索，立即動身往那座山出發了。

老婆婆到河邊去洗衣服。

至於留在村子裡的白熊，目送炸豬排離開後，就被繪本裡的居民合力推往河邊。

在繪本的宇宙裡，好像一定要依照故事內容往前推進才可以。

這時，在空無一人的水車茅草屋前，偽蝸牛從草叢間露出臉來。在祕密基地遺落外殼的偽蝸牛，忙著尋找用來替代的外殼……正巧有一個貝殼出現在眼前！

趕快把它放在背上……這樣才能夠安心！

這時的炸豬排步上了崎嶇的山路，穿越深深的岩壁峽谷，不斷搜尋著炸蝦尾的蹤跡。

他在竹林裡，發現正在一蹦一跳的兔子，1隻兔兔、2隻兔兔、3隻兔兔……

不，不對。

第3隻兔兔其實是咖啡色兔兔模

樣的炸蝦尾！

炸豬排一回神，急急忙忙的追了過去。

同一時間。

白熊被推到了河邊正準備洗衣服。

老奶奶在河邊洗衣服時……

噗噗咚咚，噗咚……

河上漂來一顆大大的桃子。

老奶奶把桃子帶回家。

從河的上游漂來一顆大桃子，桃子的個頭實在太大，根本無法用雙手抱起來。而且，站在河岸邊的白熊，不論手伸得再怎麼長，都碰不到那顆桃子。

繪本的居民們於是合力一起把白熊推向桃子……

噗通——！

白熊掉進河裡了。

他從冰冷的河面探出頭來，白熊的正前方就是大桃子！

但是，桃子真的太大了，根本沒辦法擋下它，白熊就只能隨著大桃子在河上漂流。

深山裡，炸豬排和炸蝦尾繼續著你追我跑。炸蝦尾跳著跳著，碰到懸崖就一蹦從崖上一躍而下，炸豬排緊跟著一起往下跳，並成功的在空中抓住了炸蝦尾！

但是，兩人還沒來得及享受重逢的喜悅，就倒栽蔥的直直朝著地面下墜。

撞上山壁的炸豬排和炸蝦尾，在

山路滾啊滾、滾啊滾、滾啊滾——一路加速的向下翻滾，在他們前方出現桃紅色的龐然大物，不就是那顆在河上漂流的大桃子……！

咚——！

炸豬排與炸蝦尾撞上大桃子。因這個撞擊力道，白熊和大桃子被撞離河道，掉落在河邊。

角落小夥伴們和繪本居民，在一旁目睹這一切。

就在這時，蝴蝶模樣的幽靈飛了過來。

來嘍！故事繼續下去。

切開桃子，
健康的桃太郎誕生了。

白熊拿起菜刀將桃子切開。
原本應該是種子的位置，好像有
圓圓的什麼在那裡。

桃太郎從桃子裡誕生。
桃太郎為了消滅妖怪，
出發前往鬼島。

從種子位置現身的是，扮成桃太郎模樣的貓。

貓一聽到要他「消滅妖怪」，嚇得臉色發青，在桃子上來回抓撓，慌張得不得了！

桃太郎
與狗、猴子、雉雞等夥伴
一起前往鬼島。

在一旁準備出發的狗、猴子、雉雞，前來迎接貓一起去。隊伍最後尾巴，跟著一隻**小灰雞？**。但是，桃太郎的同伴們應該沒有灰色的小雞才對吧。

大家一臉疑惑看著小灰雞？，不知道該怎麼辦的小灰雞？哭了出來。

當天晚上，角落小夥伴們帶小灰雞？回到水車茅草屋。出於擔憂，問了他許多問題。

白熊：「你是誰？」

貓：「你從哪裡來？」

蜥蜴：「你住在哪裡？」

但是，不管怎麼問，小灰雞？只是歪著頭，不解的發出「嗯——」的聲音。

炸豬排問：「你有同伴嗎？」小灰雞？因此陷入了關於「同伴」的思索裡。

小灰雞？想起先前看著《桃太郎》故事裡的狗、猴子、雉雞一起玩耍，感情融洽的模樣，辛酸的意識到自己並沒有所謂的「同伴」。

就在那時候，突然與這些從天空出現的光圈中掉下來的角落小

夥伴們眼神交會。

「（或許，那就是我的）同伴!?」

小灰雞？心裡這麼想著，因此混進《桃太郎》的故事，藏身於繪本居民群中，就為了與角落小夥伴們相遇。

企鵝？對陷入沉思的小灰雞？說：「一個人很寂寞吧……」

小灰雞？回答：「嗯……」

貓接著問：「你迷路了嗎？」

小灰雞？的眼睛，湧出淚珠。

聽著他回應的企鵝？腦中是這麼想的。

小灰雞？＝迷路
迷路＝尋找自我中
尋找自我中＝企鵝？
所以……小灰雞？＝企鵝？

完全就像是拼圖一般，企鵝？的腦中浮現出一連串自認為合理的推理聯想！

企鵝？說：「來幫這孩子尋找他的家吧！」一邊牽起小灰雞？的手，一邊走出茅草屋，在屋前的道路，來來回回的走啊走、走啊走，但也就只是在附近走來走去。

於是，過了一會兒又回到茅草屋的門前，一臉煩惱的說：「要、要上哪兒去找呢!?」

在院子前，看著他們走來又走去的角落小夥伴們這才恍然：「原來並沒有先想好要去哪裡啊？」

完全不在意這些事的粉圓們，被樹下掛著的一條繩狀物吸引住了，他們伸手往下一拉。

突然之間！

「啪」的一聲，院子前的地面像大門一樣打開了。

站在上面的角落小夥伴們，轉眼之間，全部都掉進了深不見底的洞裡頭。

沒掉下去的，就只有貓和雜草。

角落小夥伴們所在的這本立體繪本裡，竟然藏有機關！

《賣火柴的女孩》

某個除夕夜，
在寒冷的天氣裡，
瘦小的少女獨自一人賣著火柴。

一道強光劃過夜空，落在下著雪的街道上。

從雪堆裡探出頭的是白熊。

白熊的頭上戴著喜愛的裹布，手

上提著小籃子。看樣子他好像成為了賣火柴的女孩。

沒賣完會被父親責罵，所以如果火柴沒有全部賣完，不能回家。

但是，在這麼寒冷的夜裡，沒有人會在街上行走。雪上加霜的是，白熊最怕冷了。

白熊從小籃子裡拿出火柴棒點燃。

為了取暖，
少女點燃了火柴。

從火柴微小的火光中，白熊看見了溫暖的屋子，自己正坐在屋裡的暖桌前取暖。但是，正當他想伸手去端熱茶時……火熄滅了，幻影也在同一時間消失得無影無蹤。

於是，白熊劃下第2根火柴。看見暖桌上出現了一碗熱湯，但是一伸手，火又滅了。

第3根，出現的是肉包子。

第4根，出現的是拉麵。

第5根，出現的是關東煮。

不管點燃幾根火柴，熱騰騰食物的幻影，總是很快和火光一起消失得無影無蹤。

少女沉醉在幻影中，
但是幻影總隨著火柴的焰火，
同時消失。

點燃第6根火柴，這次出現的幻影是暖呼呼的被子。

（如果能窩在那溫暖的被窩裡，不知道該有多暖和呢……）

這麼想著的白熊，沉醉其中，追逐起那溫暖的被窩。那裡好溫暖，白熊完全入迷了……但是，他感覺

這個被子不僅大小尺寸不對，觸感也不太對勁。

定睛一看，以為是被子的東西，竟然是小灰雞？！

小灰雞？凍得幾乎全身僵硬。

看見小灰雞？這副模樣，白熊趕緊拿出一大把火柴，一次點燃。大大的火溫暖了小灰雞？與白熊。

大大的火光，出現大大的幻影。幻影中的白熊與小灰雞？邀請了在窗外凍得發抖的狐狸，進來溫暖的屋裡。

大家一起在暖桌下取暖，看起來好幸福喔。

但是，雪開始越下越大，幻影和火光就這麼同時消失了。

女孩點完了全部的火柴。

「該怎麼辦才好呢……」白熊苦惱著。

抬頭望向下著雪的夜空中，高掛著的尖尖新月……好像想到了什麼！

《人魚公主》

同一時間，海洋中，有著色彩斑斕的珊瑚礁，頭上戴著珍珠頭鍊，作人魚公主裝扮的蜥蜴，正開心的游來游去。

在深深的海底裡的角落，
居住著最愛大海的公主們。
人魚公主偷偷憧憬著
海面上的世界。

發現有艘船停泊海上，蛞蝓從海面上露出臉來探望。

他看見王子裝扮的偽蝸牛，和精心打扮的飛塵與粉圓們，正在船上舉辦著派對。

蛞蝓對著船的方向大喊：

「喂！大家都在嗎？」

偽蝸牛搖了搖頭。

不知道其他人都四散到那兒去了。

遠方海面上的天空，聚集了一大片烏雲，從中隱隱看得見一道道的雷電。

像是即將發生什麼大事似的，令人不安。

《一千零一夜》

睡得正香甜的企鵝?，一睜開眼睛，發現自己竟然飄在半空中！

而且，原本以為的被單，竟然是一張載著自己的魔毯，自己的頭上還戴著羽毛頭巾。

有位印度王子，
正乘著世間罕見的魔毯，
在空中飛翔，
四處旅行著。

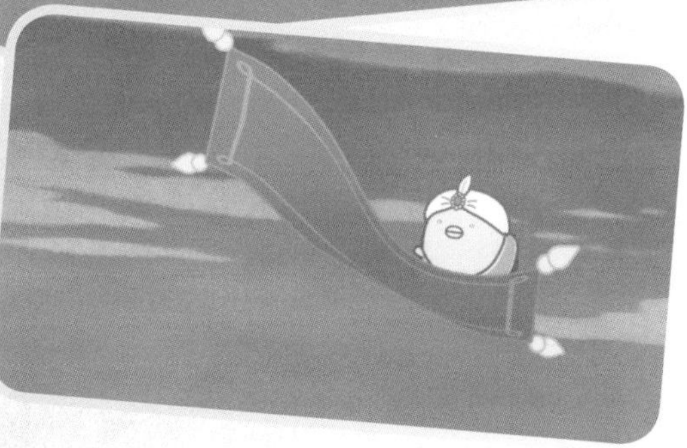

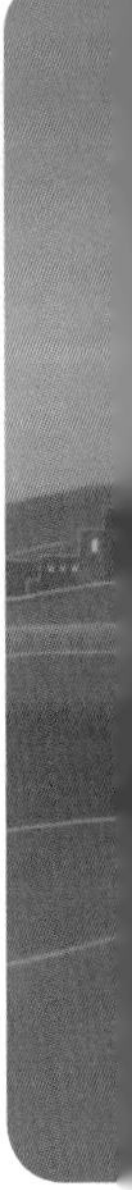

感到不可思議的企鵝？從魔毯上俯瞰……下面是一望無際的沙漠，遠遠的還可以看見，遠方有一座從來沒有見過的石造宮殿，櫛比鱗次的房屋和街道。

企鵝？嚇了一大跳，身體驚動了一下，魔毯因此失去平衡開始搖晃個不停，迎著風，在沙漠的上空翱翔。

《小紅帽》

從前從前，有一個地方，
住著一個可愛的小女孩。
因為非常適合紅頭巾，
所以大家都叫他「小紅帽」。

小紅帽裝扮的炸豬排提著籃子，與打扮成白色小兔子的炸蝦

尾，還有裝扮成黃色粉蝶的幽靈，來到了花田。

一起採摘美麗的花朵。

有一天，媽媽請小紅帽送東西給住在森林裡的外婆。

但是，比起花朵，炸蝦尾對翩翩飛舞的粉蝶更感興趣！

一路追逐著粉蝶的身影，不知不覺進入森林中。

發現炸蝦尾越走越遠的炸豬排，慌慌張張跟上炸蝦尾，也走進了森林。

「外面很危險，
千萬不要走捷徑喔。」
出門前，媽媽叮嚀著小紅帽。

等到想起媽媽的叮嚀，為時已晚，炸豬排與炸蝦尾早已身處森林深處。

小紅帽在森林深處迷了路。

這座森林深處，樹木長得又高又大，擋住陽光，四周變得陰暗又恐怖。突然，草叢間傳來聲響，樹後好像有黑影晃動。

害怕的炸豬排和炸蝦尾緊緊手牽手，絕不分開的一起走在可怕的森林裡。

但是，又再次聽到聲響！

感覺到危險迫近，兩個人牽著的手握得更緊，並開始拚命往前跑。

追著炸豬排與炸蝦尾的黑影究竟是什麼……他就是肚子正餓得不得了的大野狼！

《賣火柴的女孩》

夜空中的極光照亮了雪山，白熊拉著雪橇往山上走，小灰雞？也跟在後頭。天氣真的很冷很冷，於是白熊把小灰雞？抱上雪橇，拿下自己頭上的裹布包住小灰雞？。

「這樣子沒關係嗎……」

面對小灰雞？的提問，白熊點了點頭。於是，小灰雞？開心道謝。

大雪中走在山路上，實在不是一

件容易的事。當雪橇卡在雪裡動彈不得，小灰雞？會跳下雪橇來幫忙，而原本在一旁加油的小狐狸，也加入一起幫忙推雪橇。

大家一起同心協力，終於抵達了山頂。

這時候，白熊跟同伴們分享了他的計畫。

他打算坐上改造後的飛行雪橇，一路滑下雪山，從懸崖邊高高跳起，一躍跳到天空中的新月上！

接下來，白熊忙碌的幫雪橇裝上零件，改造出如同飛機的外型，信心滿滿準備出發。

小灰雞？也乖乖的坐

在白熊背後。

接著就是往新月的方向躍進！

……本來確實是這樣打算，但是從山頂往下看，才發現懸崖格外陡峭，他們兩個人怕的兩腿發軟，心生膽怯，退縮了。

「還是算了吧。」白熊說。

小灰雞？也點了點頭。

嘰嘰!!

但是，就在此時！

白熊與小灰雞？乘坐的雪橇一下子重心不穩，突然滑下了雪山。緊接著在懸崖邊猛然躍起，飛向夜空中，像是被吸進了新月裡一般。

越飛越靠近，這才發現，原本以為的新月，結果竟然是繪本的紙張裂縫！

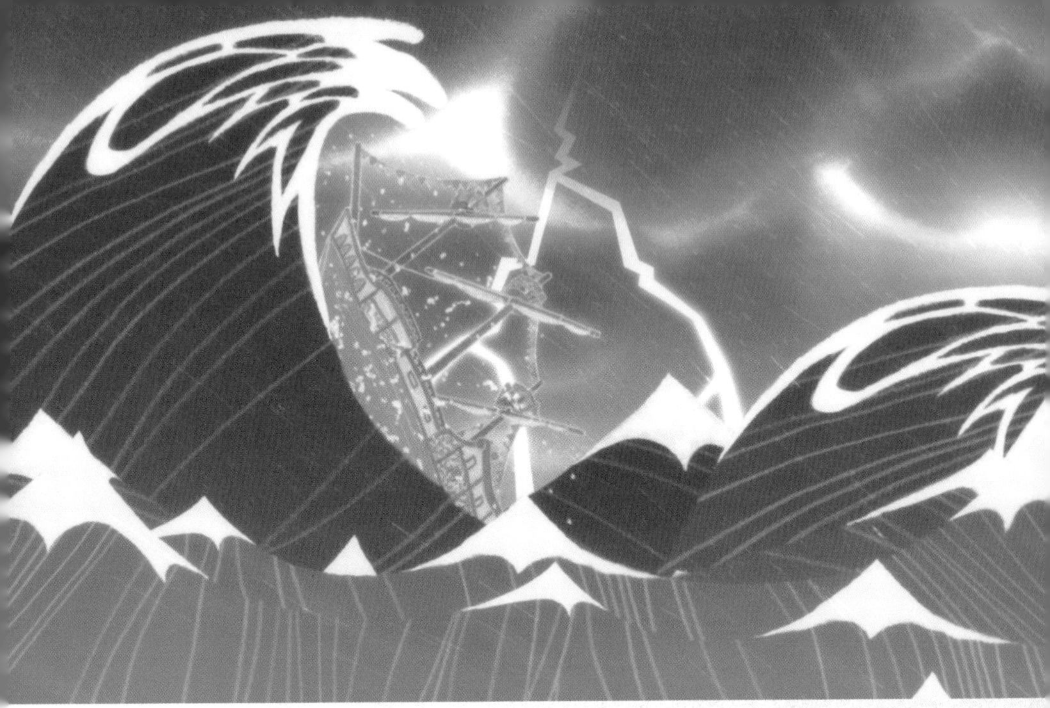

《人魚公主》

人魚公主一見鍾情的王子所乘坐的船，遭遇了暴風雨。

只見海面上烏雲密布，雷聲隆隆作響，強風豪雨隨之而來。滔天大浪中，偽蝸牛和粉圓們乘坐的船在海上載浮載沉。

突然之間，一陣巨浪打來，偽蝸

牛被捲入大海。

鹽＋蛞蝓＝融化
海水＋偽蝸牛……超危險！

蜥蜴加速衝向偽蝸牛落海處，運用人魚的尾巴，將偽蝸牛甩回船上。

託蜥蜴的福，偽蝸牛終於平安無事的回到船上，大家鬆了一口氣，欣喜無比。

暴風雨遠離，雲層散去，溫暖的陽光灑落下來，照耀著海面。只見從雲朵間的裂縫，飛出了坐著雪橇的白熊與小灰雞？蜥蜴急忙追上突然現身的角落小夥伴。

另一方面，坐在雪橇上穿過繪本紙張裂縫的白熊也嚇了一跳，因為穿出雲層的瞬間，賣火柴的女孩的衣服裝扮竟然全部都消失了。

《小紅帽》

為了尋找在花田間無端消失的炸豬排與炸蝦尾，幽靈獨自來到陰森森的黑森林裡。他四處張望，找尋兩人蹤影，突然眼前出現一隻大野狼！

嚇得幽靈跌了一大跤，跌撞到樹墩，把它撞翻，

自己也滾倒在地面，咕嚕嚕的滾了出去，消失在森林另一頭。繪本宇宙好像全都被打亂了。

依據故事設定場景，原來樹墩的地方，竟然長出了一棵大樹，高聳直衝向天際，而且一轉眼還長成了一座大屋子。

消失的幽靈、突然冒出來的大屋子，瞪大眼睛看著這一切發生的大野狼，即使嚇壞了，但還是分心注意到炸

豬排的香味離自己越來越近，讓他又忍不住露出邪惡的笑容，在大門上貼了一張紙，大野狼便走進屋裡。

過了一會兒，來到大屋子門前的炸豬排與炸蝦尾，看到門上貼了張寫著「安全♡安心」的紙，頓時放心不少……

他們直接就走進去了！完全沒有意識到潛伏的危機，有隻大野狼正在屋裡等著他們。

小紅帽走進

躲藏著大野狼的屋子裡。

《人魚公主》

自《賣火柴的女孩》穿越過來的白熊，在陽光普照的海邊，與蜥蜴以及偽蝸牛重逢。看到熟悉的夥伴們終於安心了不少。但是和他們一起來到這兒的小灰雞？卻好像很寂寞的樣子，獨自望著大海。

蜥蜴和坐在他頭上的偽蝸牛一起來到小灰雞？的身邊坐下。

問著：「找到你的家了嗎？」

小灰雞？：「沒有。」

「是喔……」蜥蜴嘟囔著，和小灰雞？一起望向遼闊的海。

突然間，沙灘上出現了超級無敵霹靂多的螃蟹，他們一同往岩石區挪動。而且，不知何時，小灰雞？也在螃蟹們的這波移動中，被搬往岩石區去！

蜥蜴與偽蝸牛慌慌張張的趕忙追上去，但是出現在岩石後方的並不是小灰雞？，而是幽靈。

那小灰雞？呢？

小灰雞？到底去哪裡了呢？

《一千零一夜》

坐在飛天魔毯上的企鵝?正往廣場方向飛去，在建築物間，上上下下、左左右右的穿梭飛翔。

突然間，廣場中央的噴水池，射出了一道非常高的水柱，高得直衝天際！

噗涮——！

企鵝?熟練的操控著飛天魔毯，閃過衝天水柱。

但還來不及喘息。只見又有一道高高的水柱噴發，還噴出一堆堆的貝殼、海星、螃蟹等等海

洋生物，連小灰雞？也跟著噴了出來！

小灰雞？在空中揮舞著雙手，有那麼一瞬間，看起來彷彿真的飛了起來，不過最終還是不會飛，眼看著就快墜落到地面了。

（快撞到了……！）

就在這個千鈞一髮之際！

小灰雞？被企鵝？操控著飛天魔毯接住了，太好了！真是驚險一瞬間，總算沒墜落在地。

兩人乘坐著飛天魔毯，往天空高高的飛起，自在的穿梭翱翔。

《小紅帽》

大野狼假扮成外婆的模樣，埋伏等待小紅帽的到來。

炸豬排與炸蝦尾終於走進了有大野狼假扮成外婆的房間。

大野狼躺在床上，打算等他們兩人夠靠近時，把他們大口吞進肚子裡。他靜靜等著最佳時機的到來。

但是，炸豬排進入房間就直接走到角落坐下，嘴裡唸著：「安全、安心……」再也不動了。

從森林裡就一直打著主意吃掉炸豬排的大野狼，這下餓得受不了！肚子咕嚕咕嚕直響。

炸豬排與炸蝦尾被突如其來的聲響嚇到，為了確認聲音來源，一點一點的慢慢接近床。

察覺到他們動靜的大野狼，再也按耐不住，從床上一躍而起，大喊：「開──動了！」

大野狼張大嘴朝炸豬排與炸蝦尾露出尖尖的利牙！

但是，和大野狼預想的完全不一樣，炸豬排與炸蝦尾不但沒有露出害怕的樣子，他們的眼睛裡還散

發著光芒，開口問：「你要吃掉我們嗎？」聽到這句話的大野狼還在疑惑中，就再聽到炸豬排緊接著興奮的說：「請用！請慢用！」

從來沒有獵物會對大野狼說：「我想被吃掉。」讓他一下子不知道怎麼反應才好。於是就跳開離得炸豬排與炸蝦尾遠遠的。

對著想被吃掉的炸豬排，也就是想被吃掉的小紅帽，大野狼不懂怎會有人被吃掉還這麼興奮，轉身只想先逃離。

大野狼以超級快的速度飛也似的逃往森林去。

「又被吃剩下來了……」炸豬排與炸蝦尾難掩失望的坐在樹墩上……

此時繪本場景再次轉換，兩人穿越到了另一個故事裡去！

上）吃我～　我不要吃！　　下）又被吃剩下來了……

《一千零一夜》

夜空中，星星開始閃耀，企鵝？與小灰雞？坐在魔毯上巡視街道。

企鵝？問小灰雞？：「找到你的家了嗎？」

小灰雞？回應的是一臉失落。

看著這樣的小灰雞？，企鵝？指著自己說：「我也是一樣正在尋找中喔。」

他對驚訝不已的小灰雞？說：

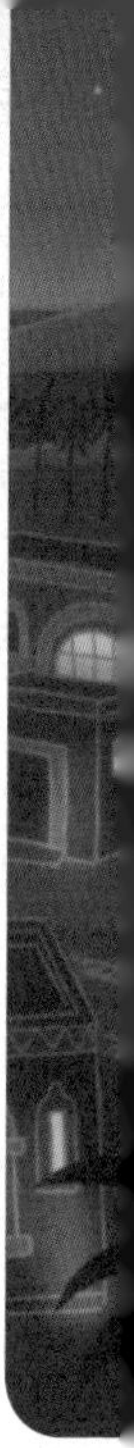

「我正在尋找自我中。」

「跟我一樣啊……」剛剛還一臉憂愁的小灰雞?恢復了笑容。

乘坐著飛天魔毯，兩人一起靜靜仰望星空。

對著劃過天際的流星，企鵝?許下他的心願：「希望小灰雞?能夠早日找到自己的家。」

沒想到，應該要落在遠方的流星，突然改變行進方向，朝著兩人直直飛了過來。

咻——!!

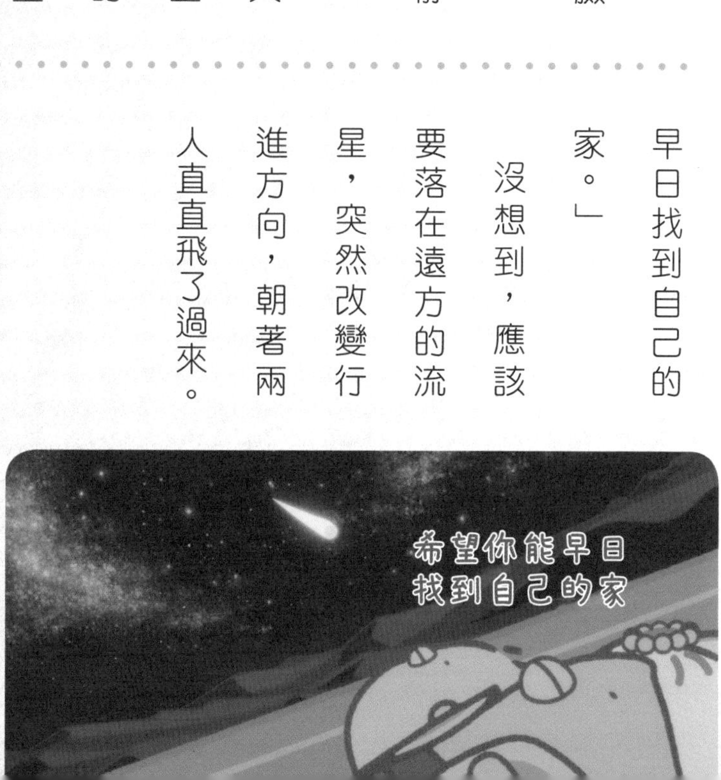

仔細一看，從流星的光芒中心，竟然迸發出炸豬排與炸蝦尾！

炸豬排與炸蝦尾直衝他們而來，最後直接落在飛天魔毯上。

但是一下增加太多人，魔毯開始不受控制，速度變得飛快，失去平衡歪歪扭扭的飛著。

就這樣心驚膽跳一路飛到一個陌生的洞窟深處，那裡出現了一道緊閉的大門。

再這樣下去，一定會撞上的！

就在此時，企鵝？想起了那本他先前讀的故事書。就是描述使用咒語打開門的

《一千零一夜》繪本。

阿里巴巴念著咒語：

「吱……開門……」

但是，頭痛的是，企鵝？想不起來書中完整的咒語。

企鵝？情急之下大喊：「小黃瓜開門!!」

結果門毫無反應。

飛天魔毯依然速度飛快的往前衝。

眼看大門已經近在咫尺，再一下下就要撞上了!!

在一旁看著慌張想不起咒語的企鵝？，小灰雞？哆嗦著說：「要撞上了……！」圓圓的大眼急得冒出一顆顆眼淚。

那是一雙看起來好像芝麻一樣黑的大眼睛……像芝麻一樣……芝麻!?

「芝麻開門——!!」

靈光乍現的企鵝？大聲喊出了咒語，沉重的大門終於喀啦、喀啦緩緩的開啟了。

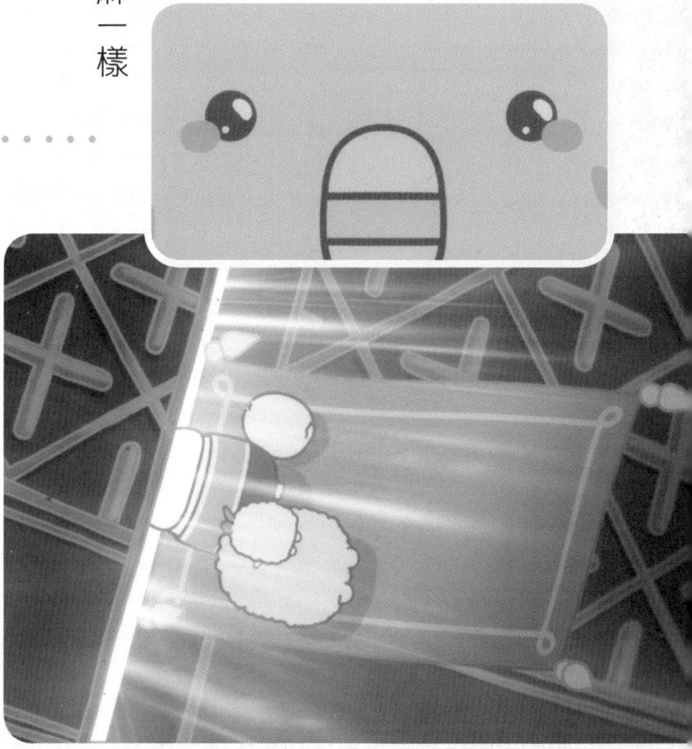

4人乘坐魔毯，穿過門縫，伴隨著光一同進入門裡。

《桃太郎》

桃太郎一行人
終於踏上了鬼島。

桃太郎貓與狗、猴子、雉雞，終於相伴踏上前往鬼島的路。貓很怕鬼，只能瑟瑟發抖跟著大家，走在隊伍最後面。

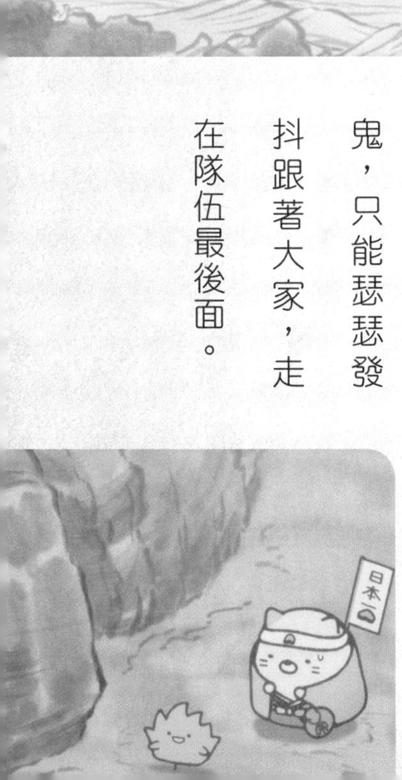

走在貓前面的雜草，不小心觸動到了繪本的機關。僅僅只是改變指示牌的方向……巨大的妖怪就現身在眾人面前！

驚嚇過度的貓跌坐在地上，但是妖怪對四周完全不在意，肚子發出一陣陣「咕嚕～～咕嚕～～」的聲響。好像是肚子餓了。

溫柔的貓雖然感到

害怕，還是拿出身上的飯糰分給妖怪，「不嫌棄的話，請用！」

妖怪一口就把飯糰吞下肚，接著眼睛馬上冒出了閃閃發光的淚珠，突然，他大聲叫了起來！

覺得妖怪餓過頭的貓想：「這樣下去，我們都會被肚子餓的妖怪吃掉！」急忙拉起雜草的手，一溜煙飛快的逃跑了。

妖怪竟也一路不屈不撓緊追在他們身後！

跑著、跑著、跑著，一路跑到了海邊，貓開始挖起地道，打算躲在裡頭。

但是，不管怎麼在地道裡逃竄，妖怪都緊跟在後頭，窮追不捨。

不久，一路逃跑的貓和雜草，不知不覺離開《桃太郎》故事宇宙，穿越到別的故事裡。

只不過，為了逃命而拚命挖地道的貓，與尾隨在後砰！砰！砰！大腳踩進地道的妖怪，竟引發了一連

串意想不到的變化。

妖怪巨大腳步聲，穿透地層傳到了地面上——

《小紅帽》花田裡的花不停劇烈搖晃著……

《賣火柴的女孩》街道兩旁房子的屋頂上，厚厚的積雪全部都被震落了……

《一千零一夜》宮殿的牆也被震塌了……

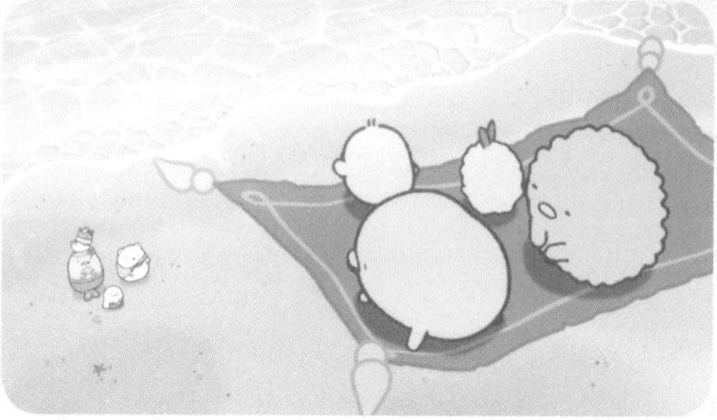

同一時間，企鵝?、小灰雞?、炸豬排、炸蝦尾正乘坐著飛天魔毯，從《一千零一夜》的世界穿越而來，與《人魚公主》故事的白熊、裹布、蜥蜴、偽蝸牛、幽靈重逢。

突然之間，沙漠街道、茅草屋從天而降，海上還冒出鬼島。

警覺到危險的角落小夥伴們，全部坐上飛天魔毯，一起在高空中察看不同凡響的異變。

地面上，混雜著不同故事的建築、場景。忽然，角落小夥伴們在廣場上發現了倒臥的貓！

在他的附近還有大妖怪和雜草。
貓一睜開眼睛，映入眼簾的赫然是妖怪，嚇了一大跳，正打算起身再度逃跑時，妖怪對貓說：「謝謝你的飯糰。」並露出笑容。
原來，妖怪只是為了想要對相贈飯糰的貓說聲謝謝，才會一路追了過來。
終於了解妖怪的心意，貓和雜草面帶笑容，一起用力向妖怪揮舞著手道別。

穿過天空縫隙出現，以及乘坐飛天魔毯而來的角落小夥伴們，全部來到貓及雜草兩人的身邊，與他們會合！

終於全員到齊了。

混亂的世界

全員到齊的角落小夥伴們，聚集在木頭堆砌的角落。

就算是在繪本宇宙裡，角落依然是最讓大家安心的地方。

轉角的角落特等席位置，他們留給了小灰雞？。他一臉新奇的張望著大家。

對角落小夥伴們而言，角落是值得與朋友分享的好東西。

小灰雞？好像也很滿意第一次的角落體驗。

於是，一起擠在角落的大家，內心都漸漸平靜了下來……

咕嚕～～～～～～

角落小夥伴們的肚子不約而同的叫了起來。一旦放鬆安心，好像就會馬上覺得肚子餓。

這時，知道大家肚子餓了的妖怪。為了回報飯糰之恩，帶來很多很多的飯糰分送給大家。對於妖怪的體貼，貓說了聲「謝謝你」表達感激之情。

「開～動！」

大家開始吃起飯糰來，而在各個故事裡登場的繪本居民們也都聚集過來。

發現了大野狼身影的炸豬排，雙眼閃爍著光芒，語帶期待的問他：

「你要吃我了嗎？」

「不，我要吃飯糰……」再次拒絕。

之後，肚子吃得飽飽的角落小夥伴們靠著彼此沉沉的睡去。

過了不久，企鵝？醒來，發現原本應該睡在他旁邊的小灰雞？不見了。

到外面一看，小灰雞？正獨自一人看著夜空。

企鵝？坐到小灰雞？身旁，心中強烈期許：「一定會找到你的家。」陪著小灰雞？一起仰望夜空。

這時，擔心著兩人的幽靈也到外面來，而且他在樹旁發現一個神奇的箱子。

咚！咚！咚！

幽靈敲一敲箱子後，出現煙圈滾滾上升，升到了高高的夜空中，變成發亮的光圈！

好奇的幽靈想一窺究竟，便往天空飛去。

結果，一靠近光圈，幽靈立刻就被吸入，轉眼間消失在光圈中！

這一幕看得企鵝？與小灰雞？目瞪口呆：「消失了……」兩人都嚇壞了。

過了一會兒，放在幽靈圍裙裡的小花，從天上輕輕飄落到了小灰雞？的腳邊。

此時，在「咖啡豆老闆的祕密基地」裡，幽靈蹦出了繪本。

通過神祕光圈，就可以回到原來的世界！

隔日清晨，企鵝？告訴大家昨天夜裡不可思議的光圈事件。

昨晚光圈出現的位置，現在是一片朗朗晴空，晴空之下有一座被森林圍繞的大湖。完全是繪本般的美麗景致。沒錯，這正是《醜小鴨》的故事場景……

企鵝？雙眼發亮的說：「就是這個！」

· · · · · · · · · · · · · ·

他好像想到什麼！

《醜小鴨》

生在鴨群裡，
唯一的一隻灰色小鴨，
只因為長得和大家不一樣，
就遭受兄弟姊妹們的欺負。
有一天，醜小鴨再也受不了，
決定離家出走，
只是不管去哪兒，
總是被當成異類。
然而，遭受大家嘲諷
「好醜」的灰色小鴨，
其實是隻天鵝。

企鵝？靈機一動，覺得說不定小灰雞？就是《醜小鴨》的主角。

大家一起走到湖畔，看到湖中央有一群天鵝。

白熊馬上摘了片葉子放在水面，小灰雞？坐上葉子，慢慢靠近天鵝們。

然後他就安然無事的進入天鵝群之中！

在岸邊看著這一幕的角落小夥伴們，心想小灰雞？終於回到了同伴的身邊，十分替他感到開心。

由於太開心而跳起來的蜥蜴，不小心觸動了草叢裡的機關……從天而降一隻灰色醜小鴨。

醜小鴉毫不猶豫的優游在水面，往天鵝群前進。

發現醜小鴨的天鵝群，拋下小灰雞？往醜小鴨身旁游去。

天鵝接納了醜小鴨成為同伴。灰色醜小鴨變身成為美麗的天鵝，跟著其他天鵝一起往天空飛去。

非常遺憾，小灰雞？並不是《醜小鴨》的主角。

原以為已經找到同伴，很開心的小灰雞？承受不了打擊，噗通一聲掉進湖裡。

角落小夥伴們為了搶救小灰雞？全部急急忙忙都跳進了湖中。

連不會游泳的炸豬排、炸蝦尾、貓、雜草、偽蝸牛也全跳進蜥蜴做出來的大泡泡裡，一同前去營救小灰雞？。

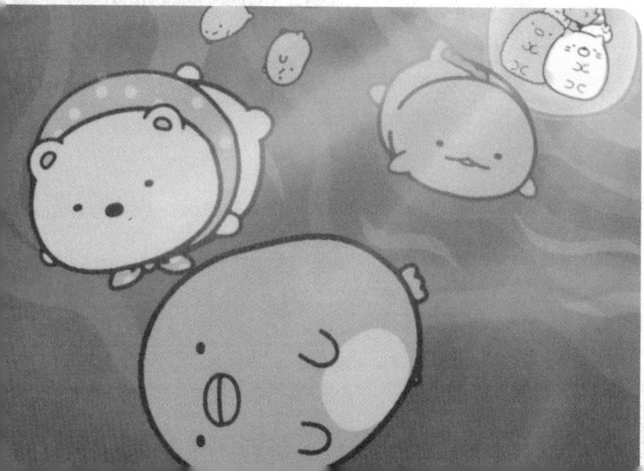

大家到達的
是什麼都沒有的純白世界。
這裡好像是
繪本中未印刷的空白扉頁。

小灰雞？孤孤單單的獨自一人站在邊邊，身體好像有些泛白，彷彿要消失似的。擔心的角落小夥伴們急忙趕到小灰雞？身邊。

「我不是……他們的同伴。」

在很久很久以前。

這本《世界名著》繪本的空白扉頁上面，不知道是誰信手塗鴉，畫上了一隻小灰雞？。

後來，繪本不知被遺忘了多久，塗鴉小灰雞？就這樣獨自孤單的生活在這個空白的頁面上。

有一天，終於受不了寂寞，流下了眼淚的小灰雞？起身出發，開始了他尋找同伴的旅程。

小灰雞？要找的對象，打從開始就不存在這本繪本裡。

角落小夥伴們也不知道該說些什麼才好。

於是，白熊邀請小灰雞？到他們的世界去。

「跟我們一起回角落好嗎？」

嚇了一跳的小灰雞？環顧四周，看見所有的角落小夥伴都微笑的對他點點頭。

白熊打開裹布，取出花朵，分送給大家。

大家一起把花朵別在頭上……全員都有「好朋友標記」。

一直以來都是一個人的小灰雞？

第一次擁有了同伴。

說時遲那時快！

白紙世界的右面，陡然出現了一個光圈，照耀下來的光芒，讓空間一下就光亮了起來。

企鵝？與小灰雞？馬上回憶起幽靈被光圈吸走的情景。

於是企鵝？心想，如果能夠經由妖怪的嘴巴，來到繪本宇宙，說不定也能夠透過光圈，回到原來的世界裡。

但是，光圈一直停留在高高的空中，角落小夥伴們根本搆不著。這種狀況，讓貓煩惱得抓撓著白紙頁面。

頁面被抓出破損縫隙，隱約可見好像有什麼東西在頁面後頭。

白熊走過來，把裂縫再拉大一些，許多的繪本道具一個接著一個全都掉了下來。

角落小夥伴們召開了作戰會議，大家一起合力搬運道具，把道具一個接著一個堆得高高的，堆疊製作出「道具塔」，直到能夠碰得到光圈為止。

抬頭看著完成的高塔，角落小夥

伴們雀躍不已。

但是，率先攀爬上高塔頂端的小灰雞？看似充滿疑惑的樣子。

不知道為什麼，小灰雞？就算將手伸向光圈，「叩叩叩」的敲，或用頭用力往上方頂，都沒辦法進到光圈裡。

小灰雞？仔細回想幽靈被光圈吸走的景象。

然後，好像領悟了什麼。

等角落小夥伴們一個個爬上道具塔的頂端時，已經不見小灰雞？的蹤影。

他們往下一看，發現小灰雞？正在高塔下方仰看著角落小夥伴。不知道什麼時候他已經爬下了道具塔。

角落小夥伴們呼喚小灰雞？要他快一點再次爬

上道具塔，小灰雞？卻只是搖了搖頭。

再這樣下去，會沒辦法一起回到原來的世界去啊。

於是，企鵝？決定去接小灰雞？而慌慌張張的想爬下道具塔。

但是，這個舉動，讓道具塔失去了平衡，開始漸漸傾斜。

高塔僅僅只是臨時靠堆積道具而成，本身就不太堅固。

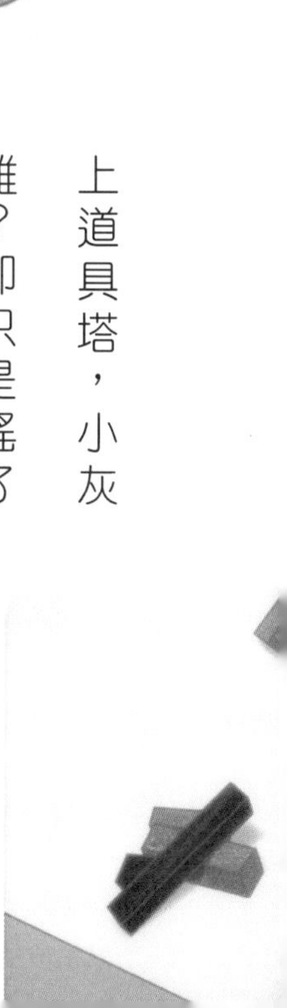

看到這個情形的小灰雞？急急忙忙的代替崩毀的道具，頂住道具塔，阻止道具塔繼續崩塌。

但是，巨大的高塔的重量，只靠弱小的小灰雞？支撐住一塊道具的位置，情況極為險峻。

而且，光圈正逐漸縮小中。

剩下的時間不多了。

如果不在光圈消失前進去的話，角落小夥伴就再也回不去原來的世界了！

小灰雞？一邊拚了命撐住道具，一邊回想著和角落小夥伴們共處的時光。

溫暖又愉快的回憶一樁接一樁浮現腦海，小灰雞？忍不住眼眶泛淚。

接著，一顆淚珠就這樣噗通一聲滑落到地面。

就在這一刻！

光圈發射出強光，再度變大。

但是，小灰雞？的體力已經支撐不住了。他支撐道具的手一旦使不上力，高塔又將再次崩塌。

再這樣下去，高塔頂端的角落小夥伴們會從上面全摔落下來的——!!

在這最危急的時刻，先前在各個不同故事裡相遇的繪本居民們，全都趕過來了，大家一起同心協力阻擋高塔崩塌。

託大家的福，高塔又再次往光圈處直直的站立起來。

就在這時候，白熊再次大聲呼喊：「一起走吧！」小灰雞？還是搖搖頭，不打算爬上高塔。

在高塔頂端處，雜草最先被吸進了光圈，接著是偽蝸牛。

但是，被吸走的就只有偽蝸牛的身體。

偽蝸牛背上的貝殼被光圈彈落，哐噹哐噹滾落高塔。看到這一幕的企鵝？在腦中整理所有線索。

企鵝？似乎明白了光圈的設定。

偽蝸牛＝通過
繪本裡的貝殼＝不能通過
也就是說……

能通過光圈的，只有來自繪本之外的角落小夥伴們而已。

在繪本世界中，被塗鴉創作出的小灰雞？是無法通過光圈的……

企鵝？對白熊說：

「接下來就交給你了！」

讓白熊先爬上高塔。

爬上高塔的白熊把訊息傳達給角落小夥伴，要他們快一點先上去，但是大家都猶豫著不知道該不該這麼做……

就在這個時候，蜥蜴的身體突然輕輕飄起，被吸進了光圈裡。

慌張的貓朝蜥蜴伸出手，也一併被光圈吸進去，緊接著炸豬排、炸

蝦尾都陸續被吸走了。
發現光圈越來越小的白熊，緊張的放聲呼喊著企鵝？：「快一點！

快一點！」
企鵝？強忍著不想和小灰雞？分離的心情，重新爬上高塔。
到達高塔頂端時，趕緊先將白熊推進只容一人通過，而且仍然持續縮小的光圈裡，白熊圓嘟嘟的屁股卻卡住了，怎麼樣都無法順利進入光圈去。
就在此時，幸好從原來的世界伸出了夾子，把光

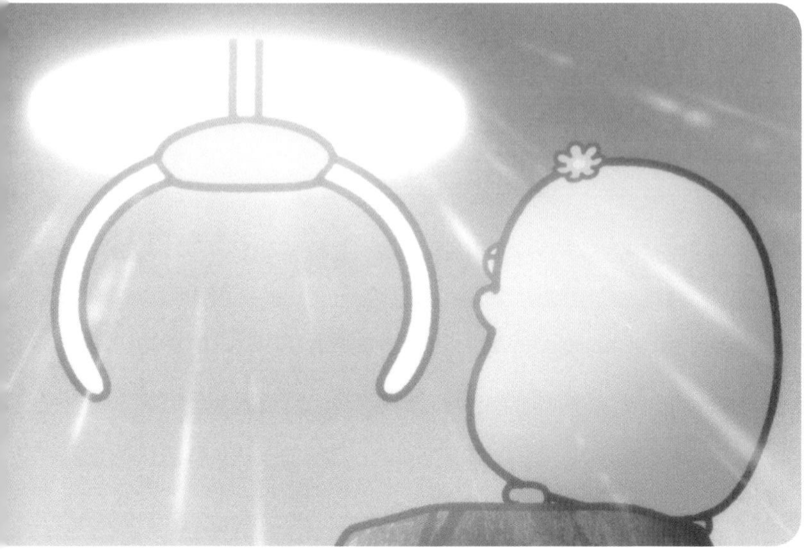

圈撐大，讓白熊順利進入光圈！

留在繪本世界的只剩下企鵝？一個人。

小灰雞？站在塔下，對著塔上的企鵝？揮揮手。

雖然眼角帶著淚光，但表情是笑著的。小灰雞？想要用笑臉向他告別。

看著小灰雞？這副依依難捨的模樣，企鵝？強忍著就要掉下來的眼淚，緊閉雙眼，一鼓作氣，往被夾子撐著的光圈裡縱身一跳。

企鵝？被吸入後，光圈瞬間消失得無影無蹤。

角落小夥伴們已經不在的
純白頁面，
從大家一起合力完成的高塔上方，
代表「好朋友標記」的花瓣
緩緩的撒落下來，
繽紛而美麗。

直到角落小夥伴
全部回去原來世界很久很久之後，
繪本居民們
仍然一直、一直留在原地
看著飄落的花雨。

—後記—

接著又回到角落的日常

在角落咖啡廳，咖啡豆老闆和幽靈一起認真研究《世界名著》，突然間，繪本發射出強烈光芒，角落小夥伴們，一個接著一個飛了出來！

他們全部都順利穿過光圈，平安無事的回到了原來的

世界。

但是其中已經看不見小灰雞？的身影。

打開繪本的空白頁面，小灰雞？塗鴉依舊留在這一頁角落。一看到繪本上的小灰雞？塗鴉，企鵝？立刻流下了眼淚，其他角落小夥伴也忍不住紛紛落淚。

——過了幾天。

角落小夥伴們，又再度聚集到角落咖啡廳。

幽靈搬來色鉛筆，粉圓們拿剪刀剪著色紙。桌上擺放翻開來的《世界名著》，企鵝？正塗抹著膠水，白熊則忙著黏東西。

「完——成！」

角落小夥伴們，到底在一起做些什麼呢？

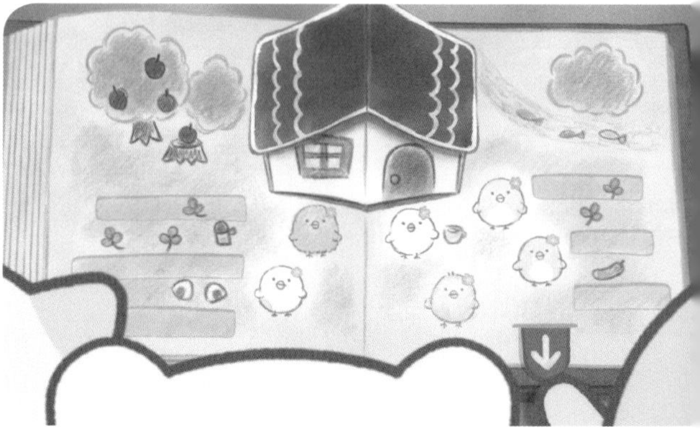

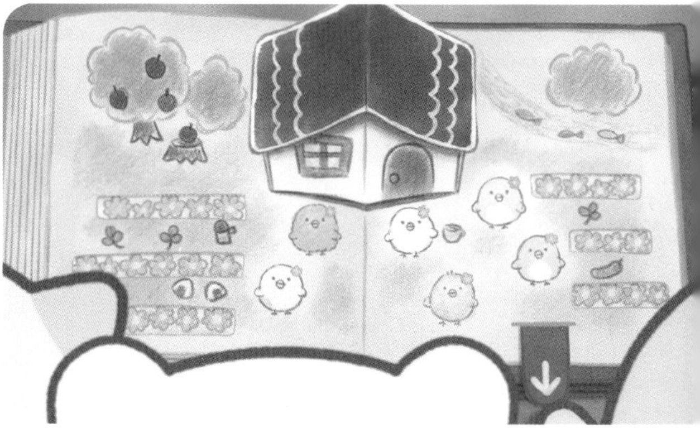

全員擠在一塊，興奮的一起瀏覽繪本，原本的空白書頁上，冒出了一間紅屋頂的屋子。屋子旁站著不同顏色、不同形狀的小雞，外貌跟角落小夥伴們十分相像，頭上都戴著「好朋友標記」的花朵。

這是角落小夥伴們合力為塗鴉小灰雞？在書頁上製作的新屋子與小雞同伴。

大家正在欣賞著的時候，企鵝？伸手拉開機關。

書頁上瞬間出現滿滿「好朋友標記」的粉紅花朵！

企鵝？彷彿隱約能看見
繪本上的塗鴉小灰雞？
展露出很開心的笑容。

小灰雞？一定
不再寂寞了。

就算分隔兩地，
我們也永遠都是好同伴喔。

（劇終）

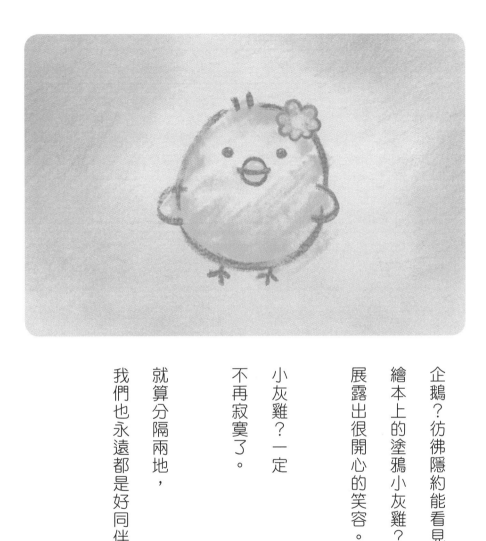

電影版 角落小夥伴

魔法繪本裡的新朋友

紙上電影書

Movie Staff

〔原作〕角落小夥伴小組（San-X）
〔導演〕萬九
〔編劇〕角田貴志（歐洲企畫）
〔美術監督〕日野香諸里
〔動畫製作〕Fanworks

Book Staff

〔本文〕今里晴
〔設計〕裝訂／前原香織；本文／石江延勝　鈴木貴文（I・C・E）
〔編集協力〕橫溝由里　白麻糬　加瀨澤香月　富田里奈　大竹裕治　山下卓之介　小川真綾　桐野朋子（San-X株式會社）
〔校對〕株式會社文字工房燦光
〔編集〕上元泉

「電影版 角落小夥伴 魔法繪本裡的新朋友」
官網　http://sumikkogurashi-movie.com/

〔總編輯〕賈俊國
〔副總編輯〕蘇士尹
〔編輯〕高懿萩
〔行銷企畫〕張莉滎・蕭羽猜
〔翻譯〕高雅溎

發行人　何飛鵬
法律顧問　元禾法律事務所 王子文律師
出　版　布克文化出版事業部　台北市民生東路二段 141 號 8 樓
電話：02-2500-7008 傳真：02-2502-7676 E-mail：sbooker.service@cite.com.tw
發　行　英屬蓋曼群島商家庭傳媒股份有限公司城邦分公司
台北市中山區民生東路二段 141 號 2 樓
書虫客服服務專線：02-25007718；25007719　24 小時傳真專線：02-25001990；25001991
劃撥帳號：19863813；戶名：書虫股份有限公司　讀者服務信箱：service@readingclub.com.tw
香港發行所　城邦（香港）出版集團有限公司　香港灣仔駱克道 193 號東超商業中心 1 樓
電話：+852-2508-6231　傳真：+852-2578-9337　E-mail：hkcite@biznetvigator.com
馬新發行所　城邦（馬新）出版集團
Cité (M) Sdn. Bhd. 41, Jalan Radin Anum, Bandar Baru Sri Petaling, 57000 Kuala Lumpur, Malaysia
電話：+603-9057-8822　傳真：+603-9057-6622
印　刷　韋懋實業有限公司
初　版　2020 年 5 月　2023 年 10 月初版 61.5 刷
售　價　300 元　ISBN 978-986-5405-70-0

城邦讀書花園　布克文化
www.cite.com.tw　WWW.SBOOKER.COM.TW